论诗

沈苇 —— 著

长江文艺出版社

图书在版编目（CIP）数据

论诗 / 沈苇著. -- 武汉：长江文艺出版社，2023.1
ISBN 978-7-5702-2820-1

Ⅰ.①论… Ⅱ.①沈… Ⅲ.①诗集－中国－当代 Ⅳ.①I227

中国版本图书馆 CIP 数据核字(2022)第 123238 号

论诗
LUNSHI

责任编辑：王成晨	责任校对：毛季慧
封面设计：胡冰倩	责任印制：邱 莉　王光兴

出版：长江出版传媒　长江文艺出版社
地址：武汉市雄楚大街 268 号　　邮编：430070
发行：长江文艺出版社
http://www.cjlap.com
印刷：湖北新华印务有限公司

开本：787 毫米×1092 毫米　1/32	印张：6.125　插页：4 页
版次：2023 年 1 月第 1 版	2023 年 1 月第 1 次印刷
行数：2053 行	

定价 56.00 元

版权所有，盗版必究（举报电话：027—87679308　87679310）
（图书出现印装问题，本社负责调换）

沈 苇

浙江湖州人，毕业于浙江师范大学中文系，曾居新疆30年，现居杭州，浙江传媒学院教授。著有诗文集《沈苇诗选》《新疆词典》《正午的诗神》《书斋与旷野》《诗江南》等20多部。获鲁迅文学奖、华语文学传媒大奖年度诗人奖、十月文学奖、刘丽安诗歌奖等。作品被译成10多种文字。

序

敬文东

中国古代素有以诗论诗的传统，杜甫、司空图、元好问等人，无疑是这个传统中标志性、代表性的人物。后人就像儒生"尊经"那般"尊敬"他们。早在1930年代，废名就曾有过精辟的观察和断言：古诗一直在坚持不懈地以诗的形式，书写散文的内容。废名的意思显然是：从理论上讲，几乎每一首古诗的内容都可以不改其义地用散文表达出来。因此，对古诗而言，以诗论诗从逻辑上说就是可行的。用诗的形式去散文化地谈论诗，谁说不是一件非常称手的事情呢？所谓论述，原本就是人家散文的领地，更可以被认作散文的本有属性之一。废名接下来还曾断言道：新诗必须是以散文的形式去书写诗的内容。他的意思是：新诗的内容既不可以，也没有可能不改其义地用散文来置换。因此，对新诗而言，以诗论诗即便是可行的，也注定是困难重重的，除非你发明一种有效的装置。事实上，用散文的形式去诗化地谈论诗，从逻辑上说乃是一个逃无可逃的悖论：论述原本就不是新诗的领地，更不是新诗的固有属性。

沈苇却愿意迎难而上，他想试探着为新诗赋予谈论新诗的能力。但他需要不断地提醒自己的是：切不可违背新诗的本性。耗时一年，沈苇居然收获了150首以诗论诗的新诗集《论诗》。开篇第一首值得全文引述：

> 嘎漂亮，花草树木，飞鸟，孩子
> 一首刚出炉的诗，过于顺滑
> 像流水滑过玻璃、大理石表面
> ——去阻止它！
> 于是，在词的流水中，放入
> 驳岸与乱石，醉舟与沉船
> 必要时，放入
> 一个兰波，三吨炸药
> （沈苇：《内置》）

读罢《论诗》150首，才令猝不及防、一头雾水的读者恍然大悟：《内置》恰可谓沈苇以新诗论新诗的总纲、方法论和整体思路，甚至还是诗集《论诗》的结构原型。沈苇用暗示、类比、隐喻、双关等纯粹诗的步伐、诗的气息和诗的口吻，去论述新诗该有何种颜值、腰身、纹理与心性。诸如"去阻止它！"一类非常容易被读者滑过或忽略掉的句子，却恰好是纯粹诗的步伐、诗的气息和诗的口吻必须要悉心栽培的对象、暗中呵护的重点。一句直截了当的断喝"去阻止它！"，这个不由分说并且脆生生的祈使句，虽然不至于让"三千粉黛无颜色"，却是被"三千粉黛"烘托的对象，但更是纯粹诗的步伐、诗的气息和诗的口吻千呼万唤始出来的那个如意郎君。这样的断喝，这个如意郎君，注定是雄性的，也只能是雄性的。它肌肉发达，力量充沛，秤砣虽小压千斤，有着定海神针般的神力，对得起那个柱子一样的感叹号；正是这声有力的断喝，帮助新诗有能力去论述新诗，而且是强有力地论述。之所以能做到这一点，仅仅是因为沈苇为这声断喝、这个如意郎君赋予了特殊的诗学功能：它必须承前启后，将被新诗呈现出来的东西转换为对新诗本身的呈现。通过这个看似简单实则被有意发明出来的转换，以新诗论新诗的新局面才得以实现。

事情总是在相反相成中，才能成其为事情：正因为这句断喝是三千粉黛用以烘托的对象，所以，它拥有的转换能力归根到底只是一种伪论述。伪论述意味着：它始终在以诗化的方式谈论新诗；新诗在得到新诗的谈论时，用以谈论新诗的那首新诗保有了自身的尊严，没有因论述而降格为散文的内容。这种被呼唤、被烘托出来的伪论述，让诗人沈苇既达到了以新诗论新诗的目的，又没有违背新诗的固有本性，避免了悖论的出现。仅就这一点而论，《论诗》既拓展了新诗的表现力，甚至还对中国新诗史做出了贡献，因为它让看似不可能的成为可能。

既然新诗是否可以谈论新诗这个问题得到了圆满的解决,那么,诸如新诗是什么等一系列诗学问题得到很好的论述,就一定得是诗集《论诗》的题中应有之义。此处挂一漏万并择其要者,简略谈谈沈苇通过以新诗论新诗的方式,诗意地呈现出来的几个相互关联的诗学主张。值得首先在此提及的是:新诗拥有自我,也就是新诗对自己的长相有自己的主张,不完全取决于、听命于或受控于诗人个人的意愿。对此,沈苇有非常清醒的认识:

> 一首诗就是一个魅影
> 在寻找自己的声音、语调和肉身
> 一首诗在寻找它的现实主义
> 但现实比梦境藏得更深
> 一首诗开始千锤百炼
> 关于爱和正义的信念
> 必须经过一座熔炉
> 一首诗,终于恍恍惚惚找到
> 魔幻性和"无边现实主义"
> (沈苇:《魅影》)

看起来,在沈苇的意识深处,新诗拥有它鲜明的自我已经是毫无疑义的事情：正所谓诗"在寻找自己的声音、语调和肉身"。但《无我》更把这个问题向前推进了一大步："一首人文之诗，一首自然之诗/看上去无我了，却一再放大了我/——小心新的自我膜拜的诞生！"从表面上看，这首诗中的那声断喝意在提醒诗人要约束其自我。但作用力永远与它的镜像——亦即反作用力——联系在一起：诗人有意识地约束他（或她）的自我，意味着诗人必须尊重新诗拥有的自我意志。古人云：诗言志。由此看来，古诗具有强烈的工具论色彩，它只是或主要是诗人的主体性的体现，是诗人盛放个人襟抱的器皿，正所谓"黄耳音书寄怀抱"。沈苇对新诗之自我的发现可谓意义重大。这个发现不仅从性质上将古和新诗彻底区分开来，还把新诗复杂的操作流程给揭示了出来：诗人必须和作为文体的新诗进行谈判、交涉和争斗，以便呼唤出双方共同认可的抒情主人公；抒情主人公的心声，则被作为书记员的诗人记录在案——这就是最后成型的诗篇。依靠断喝的转换功能，沈苇的诗学洞见意味着：诗人、作为文体的新诗、抒情主人公各有其情志，但都在为诗篇的到来而努力工作。与新诗拥有自我这个诗学问题相关联的其他诗学问题在沈苇那里一一呈现出来，似乎是自然而然的事情：

三尺头顶有神明

> 一首诗看着我，就是
>
> 言辞的静默森林看着我
>
> 一棵又一棵树，看着我
>
> 秉笔直书或微言大义
>
> 我都得十分小心、慎重
>
> 写下的每个字是抹不掉的
>
> 神居住在字、词、句的背光里
>
> 一首不死的诗，俯视我
>
> 卑微而短暂的一生
>
> ——三尺头顶有诗歌！
>
> （沈苇：《俯视》）

这首诗中的那声断喝（亦即"三尺头顶有诗歌！"）表明：诗对于诗人而言，具有强烈的警示作用；警示作用则明显源于新诗拥有的那份自我。这就是说，新诗依靠它成己以成物的方式，教导了包括诗人在内的"死者与下一代"（西川语）。但这和儒门大力倡导的诗教不是一回事。诗教是以成型的、给定的诗篇的散文化的内容，去培育君子，去校正小人，去矫正野人。新诗的警示作用，发生在诗人、作为文体的新诗和抒情主人公联手制造诗篇的过程之中。它是即时的、当下的、随身的，从不外在于诗人、作为文体的新诗和抒情主人公，却独独不存乎于即将成型的诗篇之中。它乐于将成型的诗篇近乎无限性地延宕下去，它就是沈苇发明出来的新诗的微积分。由此，沈苇的《论诗》可以推导出一个有趣的结论：写作新诗就是培养敬畏之心，等同于修行；写作新诗的时间愈长，愈能获取更多的智慧。它几乎等价于叶芝的那句名言：随时间而来的智慧。

因此，这样的新诗写作倾向于尽量去除趣味性。在沈苇看来，趣味性是诗中的消极成分，它倾向于把一切重大、严肃的主题，通通转化为趣味，从而稀释掉问题的严重性和迫切性。新诗受其自我的指引，更倾向于一切风物中的内核部位。这里以撒拉族民歌《格登格》为例。这首民歌大致是说：一位男子自叙对其卧病不起的情妹的探视，每一句歌词末尾都缀以一声悠长的衬词"格——登——格"。昌耀对此的赞叹是："其韵味有似古乐舞《踏谣娘》中的叠句：'踏谣，和来！踏谣娘苦，和来！'幽婉而具深情，有千钧之力。"昌耀实际上想说的是：生活在青海的诗人，青海的土地上产生的诗歌，也都应该具备《格登格》那种逼人的内核散发出的黑色光芒。作为一个纯种的江南人，沈苇大学毕业后自愿去新疆工作；当他三十年后再度回归苏小小的江南定居时，他惊奇地发现：

　　三十年后，我从他乡归来

已在雪山沙漠间死过多回

他们依然痴迷绣花鞋、鼻烟壶的趣味

痴迷于暖风吹得人沉醉

依然在写：哦，少女的朝露和发香……

惯性和习气总是信马由缰

这不是与清丽江南的持久缠绵

更像是与自我痼疾的纠缠不休

（沈苇：《趣味性》）

这种流连于风物表面的趣味性，刚好是对风物的冒犯，但更是对新诗的自我意志的严重亵渎。面对随诗人的惰性、任性和些许狂妄而来的冒犯与亵渎，作为文体的新诗需要发起有力的反击。事实上，这反击大体上存乎于诗集《论诗》的每一个犄角旮旯，但有能力完好总结这反击的，却是海子弃世前不久的天才言说："景色是不够的……必须从景色进入元素，在景色中热爱元素的呼吸和言语，要尊重元素和它的秘密。你不仅要热爱河流两岸，还要热爱正在流逝的河流自身，热爱河水的生与死。有时热爱他的养育，有时还要带着爱意忍受洪水的破坏。忍受他的秘密。忍受你的痛苦。"而一切秘密、痛苦、爱意、养育都是风物的内核，诗对自己的要求是：进入元素，直抵内核，将内核和元素当作表达的要素。诗歌写作该如何面对江南？重回江南定居的沈

苇对自己的要求体现在《江南》中:

> 当江南等于诗——
> 湖水在天秤另端上演苏小小的人鬼恋
> 当江南大于诗——
> 潮生的江南正在朗读《春江花月夜》
> 当江南小于诗——
> 暴雨还在敲打浑浊的河水和眼窝……

罗兰·巴特说:"不是要你让我们相信你说的话,而是要你让我们相信你说这些话的决心。"面对沈苇诗意地呈现出来的诗学誓言,有会心的读者应当相信他说这些话的决心。实际上,诗集《论诗》整个儿就是一个体量宜人的决心。

2022 年 1 月 20 日,北京魏公村

目　录

内置　001

柚与橙　002

游子　003

缺席　004

俯视　005

远　006

静　008

返回　009

侘寂　010

酿造　011

多样性　012

曾经　013

螺旋形　014

痛饮　015

交融　017

背对　018

异名　019

- 020 突然
- 021 晚期
- 022 无我
- 024 此在
- 025 冥合
- 026 魅影
- 027 趣味性
- 028 归宿
- 029 汲
- 030 豹与猫
- 031 布莱希特
- 033 语言
- 034 深渊
- 035 现代性
- 037 橄榄枝
- 038 自然
- 039 非我
- 040 无用之用
- 041 莫扎特
- 042 开阔
- 043 简介
- 044 滕王阁
- 045 诗与散文

心灵	047
无人驾驶	048
璀璨	049
诗与重工	050
霍金诗学	051
讽刺诗	052
倒影	053
梦	055
悼亡	056
玛雅	057
青年	058
失落	059
心的诗学	061
减法	062
低	063
刘半农歌谣	064
不可言说	065
退	066
根与翅	067
寂,致阿信	068
地域性	069
静	070
湿度	072

073　自然

074　诗山

075　运河

077　天涯

078　起源

079　乡音

080　滤器

081　抒情考古学

082　陆机

083　诗与史

085　虎跃豹变

086　视角

087　趣内

088　误会

089　挺住

090　情诗

091　词

092　寺

094　大书

095　小说诗学

096　战栗

097　神殿

098　诗青年

诗与寺 100
另一个 101
虚词 102
诗仙 103
米 105
江南 106
写 107
化身 108
混沌 109
木乃伊 110
杜甫 111
荷马 112
气骨 113
视阈 114
放翁 115
阮籍 117
灰岩 118
元好问 119
苏子 120
龚自珍 121
慢 122
基石 124
之间 125

- 126 再逆转
- 127 平衡术
- 128 阅读
- 129 无感
- 130 无地方
- 131 失根
- 132 无言
- 134 自力
- 135 异质
- 136 神明
- 137 戏剧
- 138 传奇
- 139 经验
- 141 十九首
- 142 寒山
- 143 历史
- 144 强音与低语
- 145 抑郁
- 146 旅
- 148 诗与粮
- 149 现代性
- 150 魔幻
- 151 更新

坠入	152
窃取	153
界画	154
此刻	156
图书馆	157
互嵌	158
正念	159
宇宙副本	160
西域	161
江南	162
技艺	163
譬喻	164
写作	165
树	166
具体	167
海	168
痴与静	169
风景诗	170

跋／沈苇　171

内置

嘎漂亮,花草树木,飞鸟,孩子
一首刚出炉的诗,过于顺滑
像流水滑过玻璃、大理石表面
——去阻止它!
于是,在词的流水中,放入
驳岸与乱石,醉舟与沉船
必要时,放入
一个兰波,三吨炸药

2020 年 12 月 15 日于浙传图书馆

柚与橙

初冬,图书馆前的柚子熟了
落了一地,我捡到其中三只
这个时节更多的橙子藏了起来
"我请你吃大橙子!"一个声音说
另一个声音似乎在回应"吃到了!"
柚子树孤零零的,不爱合群
橙子树却在另一空间长成密林
柚子——已经写下的诗
橙子——尚未完成的
将从密林深处前来找寻你的诗

2020 年 12 月 15 日于杭州下沙

游子

我曾浪迹天涯
渴望穷尽所有沙漠
来总结几粒沙子
现在枕水而居,迷上了
用一滴水看江、河、湖、海
在"窥一豹"的技艺训练中
像一个词的游子重返故土
投奔一群幽闭症先人:
芥子须弥、方寸宇宙
壶里乾坤、杯中日月……

2020年12月16日于杭州下沙

缺席

执浩说:缺席在场!
不在之在,隐身之在,怀古之在
……哦,美善与无疑的真在
当我走出一首诗,变成了
两个人、三个人……一群人
某一片刻,我变成自己的
先人、同辈和后裔……
而心律,留在一首废弃之诗里
接受缺席在场者的缺席拷问

2020 年 12 月 16 日于浙传图书馆

俯视

三尺头顶有神明
一首诗看着我,就是
言辞的静默森林看着我
一棵又一棵树,看着我
秉笔直书或微言大义
我都得十分小心、慎重
写下的每个字是抹不掉的
神居住在字、词、句的背光里
一首不死的诗,俯视我
卑微而短暂的一生
——三尺头顶有诗歌!

2020 年 12 月 16 日于浙传图书馆

远

没有诗和远方——
只是一首诗带我远走他乡
认领远方的贫瘠和苍凉
只是一首疼痛之诗
替我辨认过异域和异族的亲人

2020 年 12 月 16 日于浙传图书馆

慢

2020

静

许多鸟鸣都消失了
只有布谷鸟一直在叫
从初春到隆冬
在细雨中,在飞雪里
时断时续鸣叫
像一首安静的诗
远远地、委婉地提醒你

2020 年 12 月 16 日于浙传图书馆

返回

一粒米,回到水田
穿上壳,回到稻秆、禾苗
一只柚子,砸了下来
绕开蚂蚁、蚯蚓、瓢虫
一些落叶,飘啊飘
全烂在泥里了
……就这样,一首诗
缓缓回到自己根部

2020 年 12 月 16 日于浙传图书馆

侘寂

我体内有钢筋水泥
身上有砖瓦、门窗
有时屋顶漏雨
窗户替我在看——
……我体内有了废墟
侘寂之静
面向世界的潮起潮落

2020年12月16日于杭州下沙

酿造

最后的诗,可以放进
塔克拉玛干沙漠
让风去读,流沙去读
胡杨、红柳去读
让空旷和大荒,去读
只是放弃了请人去读
里尔克的"真意"和"精华"
只酿出了十行好诗①

2020年12月16日于杭州下沙

---

① 里尔克在《马尔特手记》中写道:"我们应该用一生之久,尽可能那么久地去等待,采集真意与精华,最后或许能够写出十行好诗。"

多样性

一首诗太小,骑不了大象
一首诗太大,走不了羊肠小道
一首诗太软,女人们停止了哭泣
一首诗太硬,打动不了硬汉的铁心肠
一首诗太直,于是乎走进
沪上豫园,走一走桥上九曲十八弯
在水乡故园,月光总是微微拐弯……

2020 年 12 月 16 日于杭州下沙

曾经

曾经,村里有年迈的桂花树
拨浪鼓响起,孩子们的节日到了
鸡毛换糖纸,猪骨换硬糖……
曾经,村里有不识字的智者
用咒语驱赶苍蝇、蚊虫……
今天,朗读者莅临,不写诗,只读诗
她是美的,温暖的。内心的江南蓝
点亮橘子的黄灯笼、柿子的红灯笼……

2020 年 12 月 16 日于杭州下沙

螺旋形

一首诗如果不能螺旋形上升
就做一株草,许多诗吹送的草浪
在台风中匍匐,涌动,前行……
被海带和藻类纠缠、绑架的诗
终于挣脱出来了,化为东海日出
而在雾霭中,这首诗看上去
多像一枚史前恐龙蛋

2020年12月16日于杭州下沙

痛饮

亲爱的读者,隔着一首诗
请与我痛饮一杯吧
替那些隐身读者、夭亡读者
可能的星空读者、未来读者……
把郁闷和酣畅一起干掉
我们彼此交换眼神
就交换了一颗诗心

2020年12月16日于杭州下沙

拱宸桥

2021

交融

诗歌中的量子纠缠
是李商隐的心有灵犀一点通
是庄子和他的蝴蝶
维罗妮卡的双重生活
帕尔塞福涅的分裂与合一:
一半是冥后,一半是少女……
是沙蟹与沙蝎共同经历的
雨雪交加、冰火交融

2020 年 12 月 16 日于杭州巴依老爷餐厅

背对

一首诗转过身来,背对西湖
背对孤山上憔悴的恋影者
一杯梨汁救不了卿卿性命
一首诗背对油壁车上恍惚的乘客
西陵下,她的衣冠冢闪烁在波光里
一首诗像公子的青骢马远去了
像我 1985 年的恋情,驶离西湖……

2020 年 12 月 18 日于杭州至郑州 G4296 列车

异名

佩索阿,他的异名居住在葡萄牙语里
而我的异名,撒落在汉语广袤的田野
就像此刻,从南到北,一次长旅
列车外闪过:稻田、麦地
城镇、村落、白菜地、干草垛
污染的河流、萧瑟的树木……
它们都有自己的人格,如此的疼痛……

2020 年 12 月 18 日于杭州至郑州 G4296 列车

突然

"冬天,山药变成了铁棍,
土豆和恐龙蛋,烤熟了,
一只凤凰,坐在火盆边,
反复烤着自己受伤的爪子……"
去中原路上,车过商丘
我为何突然冒出这样的诗句?

2020 年 12 月 18 日于杭州至郑州 G4296 列车

晚期

晚期的歌德锤炼成青铜的统一体
晚期的贝多芬、毕加索……
分裂成无数的城邦、自治区
一首史诗从消失的帝国回来
穿行在分裂与统一之间
我们一度把它看作"上帝之鞭"
一度又视为外星歌队的莅临

2020年12月18日于郑州至杭州G2805列车

无我

好吧——无我!化身为
甲骨、青铜、玉器、碎瓷……
巫师送来古墓葡萄干和麻黄草
黄河之水天上来,化身为
小河与大河,激流与飞瀑:
壶口、黄果树、诺日朗……
一首人文之诗,一首自然之诗
看上去无我了,却一再放大了我
——小心新的自我膜拜的诞生!

2020 年 12 月 21 日于浙传图书馆

消防公园

2022

此在

空气中有死亡、墓葬和冷战
去抓住最后的救赎:一把母语的落叶
尽管理想国和玫瑰园早已驱逐诗人
柏拉图仍把诗视为"有翅膀的神圣之物"
在废墟的过去和荒凉的未来之间
诗是此刻、此在,是流水之上的居所
像张志和的一叶扁舟,驶离肮脏的河岸……

2020年12月22日于杭州下沙

冥合

物不异我,我不异物
物我相忘,又相看两不厌
主体与另一主体的玄会
客体与另一客体的冥合
同尘,静笃,虚空,无极……
于是,将一首烦恼之诗
扔进鸿蒙大荒,灭它
以便大寂静莅临,笼罩四野

2020年12月22日于杭州下沙

魅影

一首诗就是一个魅影
在寻找自己的声音、语调和肉身
一首诗在寻找它的现实主义
但现实比梦境藏得更深
一首诗开始千锤百炼
关于爱和正义的信念
必须经过一座熔炉
一首诗,终于恍恍惚惚找到
魔幻性和"无边现实主义"

2020年12月22日于杭州下沙

趣味性

三十年后,我从他乡归来
已在雪山沙漠间死过多回
他们依然痴迷绣花鞋、鼻烟壶的趣味
痴迷于暖风吹得人沉醉
依然在写:哦,少女的朝露和发香……
惯性和习气总是信马由缰
这不是与清丽江南的持久缠绵
更像是与自我痼疾的纠缠不休

2020 年 12 月 23 日于杭州至遵义 MF8021 航班

归宿

诗里有沙漠的妻子、大海的新娘
有海市蜃楼的喜庆和狂欢
这首诗跟跟跄跄走了很长的路
现在垂垂老矣——
低下痛苦、悔恨的头颅
——一首诗死了
我感到泉州深巷里的
敬字亭,是它最好的归宿
不远处是小山丛竹:弘一圆寂地

2020年12月23日于杭州至遵义MF8021航班

汲

一个矿坑：塌陷的悲哀
一口深井：陡立的窄道
诗是绳索，汲水、汲泥、汲岩浆
倘若绳索足够长，将到达密西西比河
到达沃尔科特夏眠的加勒比海
那里，有人独坐船头，钓大鱼
而地球这壁，月亮的刑具
躺在蟒蛇般的绳索边

2020年12月23日于杭州至遵义MF8021航班

豹与猫

你如此热爱大海的伟力
却阴错阳差去了沙漠
攀爬雪峰,摘一朵红雪莲
却掉进野罂粟和薰衣草的山谷
你曾驰骋草原,寻找乌孙天马
如今,只想种好一小块儿地
让蔬果一年四季健康生长
你内心有一头豹子
现在,把它当作一只猫咪饲养

2020 年 12 月 24 日于贵州茅台镇

布莱希特

诗,在众声喧哗处不可人云亦云
要怀着清醒、怜惜和悲悯……
布莱希特写到杀婴犯玛丽·法拉尔
大雪天,将婴儿生在厕所里
婴儿哭闹,她用拳头乱捶乱打
婴儿死了,她把尸体带上床
彻夜抱着它,为它唱着歌……
"她罪孽深重,但苦也深。"布氏写道
"所以我恳求你,按捺住你的愤怒,
因为所有人都需要其他人的帮助。"

2020 年 12 月 25 日于遵义至杭州 MF8022 航班

杭州，太阳马戏团

2021

语言

在语言的丛林里迷路
这是时常发生的事情
它比陷入语言沼泽空转好一些
语言的轮子渴望长出一对翅膀
于是,诗的具体性诞生了
语言在我们身上造成的暗夜里
留下窄门、星星和可能的黎明

2020 年 12 月 27 日于杭州下沙

深渊

拖着一条锁链久了,以为
锁链就是自己身上的尾巴
井底之蛙做久了就安心了
会以为井底就是全部的世界
闭上眼,就能视通万里
四方人,请绕过日常的深渊
尼采深知:"凝视深渊过久,
深渊将回赠以凝视。"

2020年12月27日于杭州下沙

现代性

现代性,是围绕它的
浮世、假象和诘难的总和
是短暂性、过眼烟云的别称
脱去时髦外衣,露出前现代肌肉
大地与现代性景观一起漂移、沉浮
正如一座神殿使希腊的大地成为大地
一首不朽的诗,才使母语成为母语

2020年12月28日于杭州下沙

良渚
2020

橄榄枝

诗,是从虚无中伸过来的橄榄枝
有时看上去像长长的手臂
诗人与它久久拥抱,不肯松手
既使是它从死亡那边递过来,也得收下
大地从来不是生者永恒的居所
阿米亥在诗中,在冲突与流血之城
干脆任命自己为"死者的指挥官"
在耶路撒冷的橄榄山上

2020年12月28日于杭州下沙

自然

自然：神恩，上帝之网
一种总体论上的绵延不绝
回到景物的个体，凝视它：
一花，一木，一鸟，一兽……
依然是孤寂：生其生，死其死
一首赞美自然的诗同样孤寂
只是它小小的孤寂，内置于
孤寂之母的怀抱：自然

2020年12月28日于浙传图书馆

非我

"摇篮在深渊上方摇着……"①
自我尚未诞生,或者只是一个
非我,辽阔无边地环绕在四周
一首诗诞生了,短暂地确认自我
——幽暗存在的一缕光
更多的诗,胎死腹中、摇篮里

2020年12月28日于浙传图书馆

---

① 引文出自纳博科夫《说吧,记忆》。

无用之用

无用之用,也是有用
不爱之爱,却像是一次狡辩
烦恼丝掉光了,洗发液却备着
这瓶洗发液就是无用之用
或许是,内心沐浴的必需品?
一首诗,看上去清心寡欲了
只是爱上了净化、安宁
一点不易觉察的战栗
以及非实用主义的喜悦而已

2020 年 12 月 28 日于杭州下沙

莫扎特

年轻时,莫扎特就把许多个
莫扎特,放进同一首作品
热情,寒意,庄严,戏谑
温柔,博爱,慈悲……
"他就是贾宝玉+孙悟空!"①
——诗,要像青年莫扎特
化身无数,又锤炼统一
当我在金泽写下一首行吟诗
两句上海话同时冒了出来:
"特什嘻嘻""哭出乌拉"

2020年12月29日于杭州下沙

---

① 引文出自音乐家傅聪。

开阔

当然要有源头:雪山,草甸,泉眼
要有清澈的起源,清澈似乎不够
需要众多支流,洁净或浑浊地注入
一江春水向东流,也向西流
于是逐日。夸父死了,血脉变成
江河,变成一首渐渐开阔的诗……
"我在你身上看到了那个注入大海时
宏伟地扩张和舒展自己的河口。"①

2020 年 12 月 29 日于浙传图书馆

---

① 引诗出自惠特曼《给老年》。

简介

有人把简介写成一篇散文
有人用简介自我评价和赞美
梁晓明给我提供的简介是:
"1963 年生。
写诗一生并与诗相亲相爱,
直至浑然一体。
现居杭州。"
这如果不是低调,对简介的解构
则出乎一种低沉的虎啸和狮吼

2020 年 12 月 30 日于杭州下沙

滕王阁

落霞与孤鹜齐飞,秋水共长天一色
此情此景,到哪里去了?
赣江尚在,渔舟不再唱晚
到夜晚,他们把楼阁打扮得花枝招展
激光束,霓虹灯,丫头们的拟古舞……
滕王阁,看上去像是打了鸡血
王勃见了,会不会吐血?
也许会写下一篇吐血的《滕王阁序》吧?

2021年1月4日于杭州下沙

诗与散文

如果散文是一口棺椁
诗,就是一只骨灰盒
它不想占有什么体量
所以一次次地,从棺椁
回到小小的骨灰盒
甚至连盒子也在路途丢失了
甚至连骨灰也撒进空无了
……这终极的文字体温
在照料生命的寒意和灰烬

2021 年 3 月 17 日于浙传图书馆

庄家村

2020

心灵

闭上眼,放松身心,听见
汽车噪音,楼下孩子的嬉闹
鸟鸣幽幽,远处布谷鸟叫声
像在一个回音壁里,碰触四季……
睁开眼,江畔熟悉的街区
一条长街,通往跌宕的潮汐
一条无名河,蜿蜒西去
那里,有时金桂飘香
有时桃花妖娆……这重现的世界
就是一首诗替我看见的"心灵"

2021年3月21日于杭州至长沙G1501列车

无人驾驶

纵一,横二,经三,纬四……
无人智能驾驶公交车
驶过封闭的平原路段
我微微颠簸,驾驶自己前行
恍若:无人,无己……
一首新出炉的诗
也在奔驰,并无人驾驶
仿佛它,接受了以太
至高之善的派遣

2021 年 3 月 23 日于长沙

璀璨

一颗天心,几叶扁舟,一些微尘
……江水,逝者如斯夫
世界微尘里,吾宁爱与憎
爱憎如乱麻,又有何益?
不如放波逐流,如放马归山
万家灯火总关心——
不如天心高挂,隐于星河灯火
于轸宿和辰象,辨认出
一颗璀璨的长沙星

2021 年 3 月 26 日于长沙

诗与重工

铁,挖机,泵车,重卡,盾构……
哦,时代的庞然大物
芥子与须弥,微尘与运命
一个心惊者可以忽略不计了
一首被碾压的诗,变成蝴蝶翅膀
轻盈地,缓缓地,起飞——
正如一首诗在顽石中汲取柔情和甘泉
它也在重工之下变得更轻……

2021 年 3 月 26 日于长沙

霍金诗学

一首关于宇宙的诗,已拥有时间
但几乎不占有空间,或者说
它只占有时空十一维中的一维
并渴望,以超光速穿越黑洞
回到宇宙爆炸和创生之前
那个无限密集的"奇点"
回到时间和空间诞生前的"无"
一个历经人世苦难和美好的
渐冻症诗人,他的渴望也是如此

2021 年 4 月 3 日于湖州庄家村

讽刺诗

弟弟沈贵给富甲江南的哥哥
写了一首讽刺诗:
"锦衣玉食非为福,檀板金樽可罢休。
何事子孙长久计,瓦盆盛酒木绵裘。"
沈万三充耳不闻,弟弟长叹,离去
再写一首行动之诗:隐于终南,不知所终
六百年后我在《浔溪诗征》中读到此诗
这孤篇、劝告和警诫,仍是苦口婆心

2021 年 4 月 5 日于湖州庄家村

倒影

树砍伐后,倒影仍留在河中
持守着植物的形象和真相
一个瞬间、一种虚妄
如一滴水,被无限拉长
只是河水流到今天
已经浑浊、富氧、异质化了
语言即河水,倒映着日月
和呼救的诗歌之真

2021年4月6日于湖州庄家村

火舞

2020

梦

我梦见大火烧了儿时的村庄
它被拆毁后,又被火烧了一次
这个我就认了,但无法接受的是
大火困住了我年轻善良的母亲
这种忧心和痛苦,把我猛然惊醒……
醒来,许久缓不过神来
我认定,是一首忧心之诗
在梦里找到我,把我推醒
并解救了我年轻善良的母亲

2021 年 4 月 7 日于杭州下沙

悼亡

读刚刚去世的诗友诗集《火的骨头》
他写道:"我长久地感到心中冰炭相炙。"
"确有一只乌鸦在我的体内钻出它的蛋壳。"
"草芥命运的拥有者在预定的程序里
缓缓陷入同样缓慢的时间的腐烂与消亡。"
他却不是在病痛中,在弥留之际
而在日常和俗世,在心平气和的时候
离死亡最远的地方,甚至在西子湖、千岛湖
的青山秀水中,那么真切地体验到了死亡

2021 年 4 月 7 日于杭州下沙

玛雅

从西班牙灰烬拯救出来的
几张树皮和鹿皮:
玛雅文字德累斯顿版本
人,神,动植,山川,河流
几何体,头字体,东方化印章
拙朴图像绽放的象形之花……
它们不是文字,而是
文字对万物的朦胧渴望:
文字初心与诗之初心的浑然一体

2021年4月8日于杭州下沙

青年

"我们的智力,不是用来
攻击别人,而是能够完善自己的。"
二十年前,在北京鬼街
我对西南来的一位青年诗人说
他喝着红星二锅头,整个晚上
都在喋喋不休攻击同行
另一位青年,笑而不语
因为在他看来,捧杀别人
建设自己,也是一个好办法

2021 年 4 月 8 日于浙传图书馆

失落

瘦柳夭桃时节,梅花玉兰已谢
在河之洲,波光闪烁、缭乱
绿洲亲戚已隐而不见
我准备重返遥远沙漠
去海市蜃楼,一次次找寻……

2021 年 4 月 8 日于浙传图书馆

麦盖提

2018

心的诗学

老子的道,佛家的空,霍金的奇点
如今在我看来,是一回事了
都是关于"心"的诗学
写诗,即修自己的一颗心
"执志如心痛",时空即囚笼
五蕴皆空,诗是语言皇冠上的宝石
又只是一颗心的副产品而已

2021 年 4 月 8 日于浙传图书馆

减法

"香樟树上死人多……"
小时候,太奶奶常对我这么讲
村里最美的女人吊死在香樟树上
老坟头的樟树林最为茂密
是鸟儿衔来果子营建的
清明过后,桃红柳绿,万物生长
香樟树却开始纷纷落叶
仿佛要减去一身繁华的负担
诗的减法,也是如此——
生长,并减去繁华中的部分死亡

2021 年 4 月 9 日于浙传图书馆

低

在天空、星辰、云朵前跪下
在深山、古树、寺院前跪下
在草芥、蝼蚁、尘埃前跪下
年轻时膝盖锈住了,跪不下来
现在老了,反而能够轻松跪下了
我带着我的尘世诗篇,一起跪下
这不是去抬高世界和万物
不是去迷恋幻影和偶像
而是一再放低身姿、语言和表达

2021 年 4 月 10 日于杭州下沙

刘半农歌谣

语言必须更加阴柔、母性
要有微风和发丝的乐感
银夜和飞燕的乐谱
野火和残霞的燃烧与旋律
回还,重复,递进……
歌谣和经文都是如此
当音乐注入进口语的鲜活
汉语中一个崭新的"她"
从"伊"的襁褓中诞生

2021 年 4 月 12 日于杭州下沙

不可言说

不可言说——
当咫尺和天涯融为一体
落花和落木跨越时节
成为隐形伴侣
不可言说——
当暴雨将至
乌云中的神
滚动阵阵惊雷……

2021 年 4 月 14 日于浙传图书馆

退

退一步海阔天空
对人类、动植
乃至一块顽石来说
大约是对的
但对一首诗来说
退一步,可能意味着
就是悬崖绝壁

2021 年 4 月 15 日于杭州下沙

根与翅

丁尼生说:"当你从头到根
弄懂了一朵小花,
就懂得了上帝和人。"
当我凝视一株树,幼树或老树
感到自己的灵附着其上
向上,向下;升腾,深扎
诗的根与翅,慢慢长成

2021 年 4 月 15 日于杭州下沙

寂,致阿信

在一些诗篇中
有驰骋、狂奔、呼啸
诗的疆域如马背民族的扩张
语言有时膨胀成一个帝国
在另一些诗篇中,我读到了
寂:荒寂、孤寂、空寂……
那里有默坐和独坐的身影
写作和祈祷,只是为了减去
隐匿神灵的一些不安

2021年4月16日于浙传图书馆

地域性

从某种死寂的地域性中脱身
可谓之知了蜕壳
冬眠之后,蛇也在暖阳里蜕皮
至于化蛹为蝶,还需要
异常艰巨的耐心
从知了到蛇,这薄如蝉衣之壳
可以用来怀想、觉悟和解毒

2021 年 4 月 17 日杭州至上海列车

静

当我们厌倦了、麻木了
热闹和喧腾的时候
会逐渐听见静,看见静
譬如炼钢厂火花四溅的巨炉下
一枚细针的落地声……

2021 年 4 月 17 日于杭州至上海列车

梨树与羊群

2017

湿度

"请保持蛙皮的湿度!"①
一首过于潮湿黏稠的诗
需要远走他乡
好好补上干旱这一课
现在,它的水分蒸发得差不多了
需要重返潮湿,回到青蛙故乡
否则就会变成大漠深处的木乃伊

2021 年 4 月 24 日于安徽郎溪

---

① 引自罗伯特·勃兰诗句。

自然

将自我放置山野幽谷的人有福了
将悲喜融入淙淙溪流的人有福了
膜拜自然、虚心请教的人有福了
晚归时捡回茶果、地耳的人有福了

2021 年 4 月 25 日于安徽郎溪

诗山

敬亭山的三百多米高度
不是石头和泥土的叠加
而是谢宣城以降,千百年来
数百诗人的一千多首诗作
垒筑起来的一部皇皇之书
时至今日,山还在持续长高
乃至山的基石和空气,都变成诗了

2021 年 4 月 25 日于安徽郎溪

运河

运河上的闸官、漕卒、船丁晓得
一条负重前行的漕船,对应天庾星
"天庾积粟以示稔。"舟楫往来
北上的仓廪,承接星河碎银
即便一首哀叹漕运之苦的古老诗作
都有一个宇宙模型在建构、运转
而今运河累了,天人早已分离
新的可能的诗篇,朝向内心
去发见洪荒之水、沧海之粟

2021 年 5 月 14 日于湖州庄家村

矿坑

2016

天涯

漂泊者从远方回来
天涯变成咫尺
他,要么小于一
丢失了一部分自己
要么就是
此刻杭城地铁里
如过江之鲫的众人

2021年5月15日于湖州庄家村

起源

收割后的油菜躺在河滩上
五月的雨水和艳阳,两种裸晒
线形果静静爆炸,射出须弥芥子
草本,花泥,未来油脂的混合香味
一次次打开贫寒、荒寂的早年
河水浑黄,如初榨油的滞缓流淌
足以让你去辨认自己混沌的起源

2021 年 5 月 15 日于湖州庄家村

乡音

头蚕罢,运河两岸忙碌起来:
麦子要掼,蚕豆要敲,菜籽要揉
水田要插……稻草人忙于驱赶麻雀
蚕宝宝,从竹匾来到厢房地上
蠕动变慢了——它在等待上山、结茧
还得警惕冬眠后饥肠辘辘的蛤蟆
忙碌,流水的仪式;噤声,并不意味着
语言和乡音的懒惰、无力、瘫痪
半夜冰雹,响雷,闪电,突然的暴雨
参与到我年少的体能:一首累趴的萌芽诗

2021年5月16日于湖州庄家村

滤器

诗,一个滤器
过滤语言的毒素
生命与生活的毒素
一个滤器,一个管道
使生命获得重塑与重生

2021年5月16日于湖州庄家村

抒情考古学

知识坟坑里,一只夜莺在歌唱
疯癫,即将披上华丽的文明外衣
从福柯到沈从文,穿越大片蛮荒之地
是抒情知识?还是知识抒情?
死去的哈姆雷特仍在追问
蛮荒中没有知识,只有情之矿藏

2021 年 5 月 16 日于湖州庄家村

陆机

我是在一个闹市
在一个人的独处和游移中
想起陆机《文赋》中的句子:
"笼天地于形内……叩寂寞而求音。"
这样的执着思考,曾为他找到
不祥时代的方寸之地

2021 年 5 月 16 日于湖州庄家村

诗与史

"史亡而后诗作"①,修辞之地
时间暂停、凝结、消失
杼中情,流水之情:一只时光飞梭
思与丝的缠绕,有待编织、厘清
修辞即乐音,发愤以舒烦毒、憾恨
一张古琴昼夜不舍的孤鸣和颤音
这共情共鸣,来到时空之外
恰如一颗诗心内铄,与万物交映

2021 年 5 月 16 日于湖州庄家村

---

① 引文出自黄宗羲《万履安先生诗序》。

胡杨

2006

虎跃豹变

哀伤的普遍性。涣散心绪
回到凝神、虚静的时刻
神偶,只是放下执念的一个提示
蒲团上的打坐者似乎睡着了
渐渐变成雕像本身
而在他风雪交加的屋顶
诗,母语的天线,善于捕捉
虎跃豹变的每一瞬息

2021 年 5 月 16 日于湖州庄家村

视角

诗,必须一再回到当下——
缘情的书写已岌岌可危
却仍像章鱼舞动的软爪
抓住海底和渊薮之暗
回到此刻,放弃新的时间
放弃允诺的乌托邦之梦
此刻,像一滴水的哗变
像厨房里的面团变成拉面
面条有了,面包也会有的
——让此刻拥有一个救赎视角

2021 年 5 月 18 日于杭州下沙

趣内①

老墙和锈铁尚有一些缝隙
那里,长出不多的杂草、野花
以便延展,深入幽暗的曲径
彷徨的骛外者转而趣内——
讪笑、长叹和滥情结束了
意力,一如屈原的芳菲凄恻之音
一种向内的驰骋,一个新的维度
路漫漫……修远……上下求索……

2021年5月20日于杭州下沙

---

① "趣内"是鲁迅提出的一个文学概念,他在《文化偏至论》中写道:"骛外者渐转而趣内,湎思冥想之风作,自省抒情之意苏,去现实物质与自然之樊,以就其本有心灵之域。"

误会

全身终于挂了点废铜烂铁
时常弄出叮铃哐啷的噪音
当这提示音不再响起
以为自己与世界失去了关联
废铜与烂铁,遮蔽金属的
质地和本性。里尔克说得好:
"荣誉,只是围绕一个人的
种种假象和误会的总和。"

2021 年 5 年 21 日于杭州下沙

挺住

八十年代流行里尔克的一句话:
"有何胜利可言?挺住意味着一切!"
三十多年过去,再次重复这一金句
更像夫子自道、喃喃自语
——青年的乌发已两鬓斑白
如劳作间隙的老牛在树荫下打盹
而它圈舍的梁木,已爬满白蚁……
——诗歌难道仅是"挺住"的产物?

2021年5月22日于杭州下沙

情诗

高研班的情诗诞生于江南迷楼
老掉牙的故事再次发生
男荷尔蒙,女荷尔蒙,砥砺前行
酿造的泪水和衷肠,亦真亦幻
我手写我口,执笔如救命
但是喂喂,情感和智慧
无须外丹术的高研、附身
要知道,不是手口、笔端和电脑
而是过剩的荷尔蒙,写下
癫狂和闪念:一首感人肺腑的情诗

2021 年 5 月 23 日于杭州至扬州 G7585 列车

词

正念的花朵,冥想的沙粒……
名词们伤春、悲秋
又忙于怀古、拟古
一度被我废弃的形容词
那些云里雾里的肉身
将再次成为我的新命名

2021 年 5 月 29 日于北京

寺

诗,言之寺
佛,三十二相
劫,慈航,普度
千手观音化身退于背光中
请不要喧哗,供奉静与香
再看两侧怒目金刚
也是寺与诗的表情之一

2021 年 5 月 30 日于淮安

楼兰壁画
2005

大书

天,地,人,书
一部合而为一的大书
从那里诞生的
不是高高在上的
而是谦卑的
与我们结伴同行的
"正午的诗神"

2021 年 5 月 30 日于淮安

小说诗学

赛珍珠通过一位农夫,不断重返
中国南方:田野,沃土,土地庙
嗅闻小麦垄沟散发的泥土芳香
王龙的情欲只有土地才能平息
王龙的创伤只有土地才能疗愈
小说家随葱蒜味的农夫走向田野
在牛背上,轻轻甩响皮鞭
随一柄生锈的铁犁钻进泥土
大地便翻滚起一片浪花……

2021年6月6日于浙传图书馆

战栗

"死与变",冯至的误译
使歌德呼应东方的"命与运"
西东诗篇:一种终极的丰饶
必须完成从维特到浮士德的
蛇蜕,蝶化,凤凰于飞……
再加入里尔克的"孤独和忍耐"
对无处不在的母性的渴慕
以及,美作为恐怖起始的战栗……

2021 年 6 月 20 日于杭州下沙

神殿

荷尔德林说:"如果人群使你
怯步,不妨请教大自然。"
请教不够,还要去自然中
静思,祈祷——
树木,立起自然神殿的柱子
灌木的寺院较为简陋、寒碜
有时,混合荆棘的火焰之舞
枝头甘果每每从天空递过来
虫豸命运,落叶命运,草芥命运
与自然信徒的尘土命运归于一体

2021 年 6 月 22 日于浙传图书馆

诗青年

诗,不仅仅属于青年
但,首先属于青年
于是有了星河畔的诗青年
兴观群怨,群而辨认、砥砺
抱团取暖,星光四溅、如瀑
群而自洽、独孤、斐然

2021 年 6 日 23 日于杭州下沙

旷野上的路

2017

诗与寺

我的身体住着"我"和"无我"
谢天谢地,我还有一具身体可住
罹难者、临终者、消逝者……
许多人,已经没有身体可住了
谢天谢地,语言的肉身住着诗:魂
逸乐,受苦,隐忍,修葺……
这肉身,仍是一座风吹雨打的:寺

2021 年 6 月 26 日于杭州下沙

另一个

秦观常问:何人览古凝眸?
他深知豪俊如虹、故国繁雄
却更愿化身为另一个秦观
洗心的狂客,徘徊于牛宿和斗宿下①
书写微茫、缠绵、无寐、肠断
斜阳、寒鸦、流水、孤村
柳愁杏怨,一帘幽梦,十里柔情
吴霜渐稠,秦观以月光洗心,再洗心
洗成一颗柔肠回转、芳思交加的女子心

2021年6月26日于杭州下沙

---

① 牛宿和斗宿,星宿名,合称牛斗,古以扬州为二星之分野。

虚词

为一个虚词服务
血肉个体,隐而不见
形容词,这些夏日知了
被病理学的热,鼓噪起来
而动词和名词,转身进入
漫长的沉默史和无为史

2021 年 7 月 5 日于浙传图书馆

诗仙

胡地归来,见过天山明月的李白
青莲顽童、江油小吏的李白
以老庄、屈原、子昂为师的李白
浪迹神州、踪影飘忽的李白
冠盖满京华、斯人憔悴的李白
眸子炯然、哆如饿虎的李白
神龙困于蝼蚁的李白
酒酣心自开、酒倾愁不来的李白
终化为骑鲸捉月去不返的"诗仙"

2021 年 7 月 6 日于浙传图书馆

伊犁马

2018

米

诗的遗忘是选择过的
诗的记忆是挽留过的
诗的味道是辨认过的
他在诗中煮熟一锅米饭
不见白米和乌米
他只煮无色大米饭

2021 年 7 月 7 日于浙传图书馆

江南

当江南等于诗——
湖水在天秤另端上演苏小小的人鬼恋
当江南大于诗——
潮生的江南正在朗读《春江花月夜》
当江南小于诗——
暴雨还在敲打浑浊的河水和眼窝……

2021 年 7 月 31 日于杭州下沙

写

"一旦学会了每天写诗,
就像破罐子破摔,
世界变得豁然开朗。"
这不是我说的
是从一位女士那儿借来的

2021 年 8 月 20 日于杭州下沙

化身

诗是无言之言、无用之用
从"无"中一再化生
灾难,不是诗的节日
而是感受力的受难
不叫喊,闭嘴,咬紧牙关

2021 年 8 月 20 日于杭州下沙

混沌

在摩尼教和祆教的二元对立论之间
在旦暮、黑白、阴阳、正反……之间
是否存在一个混沌的第三视角？
一对天涯君王：南海帝悠，北海帝忽
常去中央大帝混沌那儿吃喝玩乐
混沌无七窍，为答谢其盛情
悠帝和忽帝自作主张为之开凿七窍
日凿一窍，七天后，混沌死去
——这是否意味着诗的第三只眼闭上了？

2021 年 8 月 30 日于浙传行政楼

木乃伊

游子归来,重新发现江南
——我用一粒沙爱一滴水
用古道斜阳眺望东海朝霞
用海市蜃楼亲近四百八十寺
也用木乃伊之眼,看见江南

2021 年 9 月 7 日于杭州下沙

杜甫

在风雨和鬼神之间
杜甫的笔起落、喟叹、肠断
在不薄今人和爱古人之间
杜甫化多师为吾师
爱众人中的至贫、至弱
在翡翠兰苕和鲸鱼碧海之间
杜甫颠沛流离,经纬纵横
提前开拓"无边现实主义"

2021 年 9 月 8 日于杭州下沙

荷马

盲,就盲到蔚蓝和光明中去
七城诞生一个众我,再化为我众
战争、还乡、爱……《伊利亚特》
和《奥德赛》,只是神明的游戏
当荷马的琴声和歌声响起
人类尽头的地中海,就有了
人类源头的隐秘波澜

2021 年 9 月 8 日于浙传图书馆

气骨

离人,一座奈何桥上久徘徊
幽人,一间蜗室里打坐入定
词人,一首老歌起哀怨
诗人,一盆劫灰换气骨

2021 年 9 月 8 日于杭州下沙

视阈

我用羊的眼睛看江南
取缔草原与草坪的界限
我看见烟雨、舟楫、庙宇
和蝴蝶翅膀上的眼睛
蝴蝶不仅梦见庄子和自己
还会梦见天涯、西风、古道
它们成双成对翩飞在殉情之路上
羊呢,却在去往屠场的路上走得沉默安详

2021 年 9 月 9 日于杭州下沙

放翁

诗的技术至上和修辞过度
早被放翁名之为"琢琱之病"
譬如江西诗派堆垛、僻涩的习气
奇险也伤气骨,从而走上穷途
写过诗九千后,晚年陆游认为
好诗如灵丹,不杂膻腥肠
是自然、朴质、纯正的"大羹玄酒"

2021 年 9 月 9 日于杭州下沙

波兰：肖邦故居

2016

阮籍

黄庭坚说他"出门一笑大江横"
事实上,横在阮籍面前的
常常是山林、穷途和铁壁
酣吟,以浇胸中块垒
弹琴,忘却这具形骸
长啸,驱散乱世祸患
佯狂,纵横诗笔,高情千古
"言在耳目之内,情寄八荒之外。"①

2021 年 9 月 10 日于杭州下沙

---

① 引文为钟嵘《诗品》对阮籍的评价。

灰岩

如此多的诗的遗骸
化为层层叠叠的灰岩
生物灭绝,以便地质学
赢取最后的凯旋
幸存之诗,则是楔入
古生界与中生界
二叠系与三叠系
岩石间语言硬度里的
一枚长兴金钉子

2021 年 9 月 13 日于浙传图书馆

元好问

元好问的二十九条自警格言
最打动我的一条是
"无为圣贤癫",也就是
"无为天地一我,今古一我"

2021 年 9 月 13 日于浙传图书馆

苏子

东坡诗翕张开阖、千变万态
沈德潜说他胸有洪炉
"金银铅锡皆归熔铸"
元好问赞之"精真那计受纤尘"
东坡却说自己
于法度之中、豪放之外
有一肚子的不合时宜

2021年9月13日于浙传图书馆

龚自珍

定庵读陶潜,另辟视阈
读出荆轲剑术、云间浩歌
读出卧龙诸葛、浔阳松菊
读出恩仇心事、江湖侠骨
"八表同昏,平路伊阻"
如此,雾霭停云中"另一个"
得以在一千年四百年后
辨认蒙蒙时雨中的"这一个"

2021 年 9 月 13 日于杭州下沙

慢

乌龟慢慢地爬,比蚂蚁再慢一点
守株待兔的人,庄稼已长成野草
——这也是一种慢吧?
但兔子三个健步越过沙坑
飞上了嫦娥之月……
乌龟慢慢爬,静止不动地爬
就像布鲁诺·拉图尔说的:
"减缓'超越',像老鼹鼠,
在二元论的下面挖掘洞穴。"

2021年9月14日于杭州下沙

莫斯科新圣女公墓

2007

基石

我们为大山开膛破肚寻找基石
我们用吃力的船舶和笨重的卡车
运来了基石。为了基石更加牢固
我们又为它注入水泥和祈祷
"恰是建设者丢弃的石头成了基石。"[①]

2021 年 9 月 15 日于浙传图书馆

---

① 引文出自《马太福音》(21：42)

之间

剑态、箫心之间

落英缤纷

群山、流水之间

野草蓬勃

无善、无不善之间

美即是真

2021 年 9 月 15 日于浙传图书馆

再逆转

自我中心主义,向着自我无限塌缩
似乎回到一个神秘的奇点了
却在一首湿气太重的诗里膨胀、扩张
终归于不可逆转的自我爆炸……
"虚荣的蠕虫:生命、死亡、灵魂、肉体——
忽视你自己吧,尽力去认识你的上帝!"[①]

2021 年 9 月 16 日于杭州下沙

---

① 引用柯勒律治《自知之明》中的诗句。

平衡术

孩子们热衷跷跷板的平衡术
而今天,端平一碗水、一条河
远远不够,更紧要的是:
如何端平荒野、废墟和流沙
在四面八方的剧烈坍塌和对撞中
又如何端平我们自己?

2021 年 9 月 17 日于浙传图书馆

阅读

阅读,使时间不在场
是凿空岁月与流逝
是毛姆说的
一座随身携带的避难所
——你把你的牢狱,也随身带上

2021 年 9 月 19 日于浙江桐乡

无感

江南诗人喜欢谈论痛感
再往南,滨海的多元之城
法师圆寂前的"悲欣交集"……
而我,想试一试
如何写出祛魅时代的
无感

2021年9月19日于湖州庄家村

无地方

地方,即世界
无地方,不是没有了地方
更不是抛弃地方
地方与无地方同构共建
如入无我、无人之境
地方主义死于狭窄和偏执
而地方性,将获得空前的超越性

2021 年 9 月 24 日于浙传图书馆

失根

"原乡"一词在水上
漂泊、隐现、远去
你以为异乡是静止的
但是错了,土著们
也深陷失根状态
当根性与更多的流动
交互成斑斓混杂的现代图景
一株老树有了冲动
突然长出一双新脚

2021 年 9 月 25 日于杭州下沙

无言

深山,晨光里步入寂静的茶园
漫长的炎夏是被沉默寡言者战胜的
朱鹮鸟不再像啄木鸟一样咯咯笑
绿色中闪现它的黑脸、绛红色尾翼
以及带露的微颤的秋茶叶
这些,都是清晨无言的语言

2021 年 9 月 25 日于浙江平阳

加拉加斯

2013

自力

一朵花,凋零与盛开的总和
一幢楼,水泥、砖石与骨架的总和
一张脸,出生到现在叠加起来的总和
一首诗,语言反复打磨自力的总和

2021 年 9 月 27 日于杭州下沙

异质

异域气质,本我的不断偏移
像掷铁饼者,把米隆和阿波罗
同时投掷出去……
又像一首诗重返西域
巡礼,并认领
远方、他者和异文化

2021 年 10 月 4 日于湖州庄家村

神明

"这神明此时在遥远的埃塞俄比亚人那里。"①
说明神明没有遗忘最边远的人类
但更多的神明聚集在宙斯的巨大宫殿里
喝酒吃肉,争风吃醋,争吵不休
只有目光炯炯的雅典娜
懂得奥德修斯漂泊大海之苦
和他遥望故乡缥缈炊烟的心

2021 年 10 月 5 日于湖州庄家村

---

① 引文出自荷马史诗《奥德赛》。

戏剧

戏剧凿空乌镇的两个雨天
如幻,如梦,如波涛剧场里
红与黑的内心博弈
再摇船将水乡哈姆雷特
送往青藏高原……
疾走的青年在深夜席地而坐
戏剧之真是临时的脱逃和隐逸
使时间短暂地不在场
而被损耗的现实的不真实
可以安放人间的哪一个剧场?

2021 年 10 月 16 日于浙江乌镇

传奇

夜的缺口处,悬挂一只胡柚
在低矮、负重累累的树上
果实之神的额头
是被一道闪电擦亮的
将诗,往今宵的传奇里写
往新志怪和新魔幻里写
或许可以消解部分的残缺
部分的昏昧和苦涩

2021 年 11 月 7 日于杭州下沙

经验

经验:贫乏,却又堆积太多
三十年,像远方的流沙一样失去了
现如今,回到更加迅疾的
永不回首的流水中
经验,如何变成一个超验视角?

2021 年 11 月 8 日于杭州下沙

特拉维夫：悬浮之树

2009

十九首

"出郭门直视,但见丘与坟。"
在坟丘下,叹性命短暂、人生无常
伤悲,慷慨多气,对酒当歌
在怀疑论的普遍笼罩下
寻找虚无中星星点点的光
夜,一再重临。于是——
"昼短苦夜长,何不秉烛游。"

2021 年 11 月 9 日于杭州下沙

寒山

多少天台人,不识寒山子
寒山正是在这种不被理解中
隆起、孤耸、生长的
在入穴而去、不知所踪之前
桦皮为冠,布裘破弊,木屐履地
却依旧往石壁上兴致勃勃涂抹诗句
坐在山崖间,快乐地哈哈大笑
并在一千年后,他的灵魂漂洋过海
落户于美国"垮掉派"灵魂中

2021 年 11 月 10 日于杭州下沙

历史

历史是一块巨石,滚下山来
变成四散的幽灵们的沙
历史往今天的水面上投石,打水漂
几乎激不起一丝涟漪
只有帝王将相的家谱
仍在蠹虫的书房里风吹雨打
冯姑娘站在岭南山冈上告诉我
谢灵运惨遭"弃市刑"的地方
如今是一所大学的"康乐园"

2021 年 11 月 11 日于杭州下沙

强音与低语

自然颂歌。惠特曼的强音
从大洋彼岸反复传来
席卷,变成大海和大陆本身
而中国古人,对着草木鸟兽
低语、私语,试图召唤出
潜藏在"动植皆文"中的神灵
我从亚洲腹地回到江南
把惠特曼的高亢降低一些
又把江南人的音调提高了半分贝

2021 年 11 月 11 日于杭州下沙

抑郁

抑郁,新生的基石
这块石头多么冷!
塌陷为不可自拔的泥潭
——拖泥带水的人啊
冥想,凝神,放空,观心……
在正午阳光下,蒸发淤积的暗
走散的落魄之神,正在缓缓归来
唯有残余的意志力,能够重塑
新的头颅、新的魂灵
以及大地基石上万物之新生!

2021 年 11 月 12 日于浙传图书馆

旅

厌倦了,于是从自己活腻的地方
到别人活腻的地方去
——旅,游还是行?
自驾车贴上封条,馕和水足够
大自然是必需品,最好原始、蛮荒一点
"眼镜、蠢行和照相机混迹其中"①
一只母鸡还没长大就下的蛋诗
也咯咯咯跻身其中……
我在书房里打了个盹,忽然远行一万里
回到了离开一千天的新疆

2021 年 11 月 12 日于杭州下沙

---

① 语出约翰·缪尔《我们的国家公园》。

首尔

2011

诗与粮

粮仓很老了,头上长满草和树
青年创意团队,在它们肚子里
塞进几首诗,一些词与旧物
看上去,粗暴的诗驱逐了缺席的粮
粮仓慢慢暗下来,几首孤单之诗
坐落在异度空间的洪荒和饥饿里

2021 年 11 月 13 日于湖州庄家村

现代性

家乡河道里废弃的水泥船
我盯着它们看。水泥在水里腐烂
保有耐心的传统风景：摇橹木船
欸乃欸乃远去，消失了
忽想起波德莱尔巴黎的忧郁
波希米亚游荡者，城市幽灵……
象征派为浪漫派金盆洗手
我盯着河道里废弃的水泥船
久久观看，一往情深
像是看到了现代性的某个开端

2021 年 11 月 13 日于湖州庄家村

魔幻

就当它是一出戏
你就退到波涛剧场一角
就当它是魔幻在上演
你就不再沮丧,愤世嫉俗
又回到荆棘的嫩枝丛中

2021 年 11 月 14 日于湖州庄家村

更新

被光阴穿透的人,被抑郁爱着的人
学会了湿地苔藓的匍匐
几个遗骨坛子里祖宗们的言语
可以沉得更深一些——
树根之力在岩浆里跳着静止之舞
在那里,可见的槐树下
将长出玫瑰的密集与绚烂
更新一个昼夜渗漏着的世界

2021年11月14日于湖州庄家村

坠入

超验主义者驾驶飞船驶离地球
庄子、爱默生和马斯克同坐一舱
拉图尔说:"重返地球……"
霍金却说:"NO!"
外空的争辩如同星球间的角力
幽暗的个人经验冒出来反噬一口
于是经验主义者坠入宇宙爆炸前的奇点:
没有时间,没有空间……

2021 年 11 月 15 日于湖州庄家村

窃取

互嵌的：植物性，动物性……
我们以此区分世界、人群和男女
召唤言词，解构语法，平衡大地
像海底的章鱼、缠绕的热带景物
窃取彼此多汁的深情
和沉浸其中的孤寂

2021 年 11 月 15 日于湖州庄家村

界画

持墨者,在墨绳上跳舞
脱下镣铐,跳到木头
和一片原始森林里去
盖房人,以为手舞足蹈够了
于是界尺引线,立下规矩
但白鹤、游鱼、草虫
依旧执拗,一再突破自我
冲出画地为牢的界画

2021 年 11 月 17 日于杭州下沙

加利利的鸽子

2009

此刻

如果没有此刻的写作
没有今天的创造
我们如何回应伟大的传统?
后人又如何辨认我们的时代?

2021 年 11 月 17 日于杭州下沙

图书馆

智者的喟叹,积攒了
暮年太多的尘埃与混沌
天梯,撤向隐去的旷野
蠹虫之书翻到了最后一页
那里,出现一座书的墓园
却尚未设立一个书的祭日
请置我于堡垒内交叉小径
葬我于石榴构造的天涯图书馆!

2021 年 11 月 17 日于浙传图书馆

互嵌

我尊重一个个互嵌的此刻:
脚下后退的路,路边树木花草
草地上凋零的枯叶和蝴蝶
各色车辆,斑马线上的行人
建筑,这些高高低低的障碍物
远处的静,传来的布谷鸟鸣
抬头看见的一角瓦蓝天空……
我从那里,汲取残剩的
精华和真意

2021 年 11 月 18 日于杭州下沙

正念

植物性总在倾听人性
辛劳而凄厉的呼喊
——低语,附身于秋天的草坪
垂柳依旧依依,浮萍躺平于水面
阳光粒子找到一个旋转的石榴头颅
奥妙构造和繁多籽粒,放空了
水里轻晃的树影,缓缓起身
回到一棵中心树遒劲的根部……

2021年11月18日于下沙高教公园

宇宙副本

仰观天象,俯看虫蚁
东方人将它们视为一个整体
星空和道德律,在地球那边
照亮充满张力的二分法
那么,天外之天,虫中之虫
就交给晚熟的科学家吧
这一堆可以拆卸、降解的
神经和碳水化合物
这卑微的移动——
一个小小的宇宙副本

2021 年 11 月 18 日于杭州下沙

西域

"情人啊,你是来把我瞧一瞧,
还是来把我烤一烤?莫非让我
这颗烧成灰烬的心,再次燃烧?"
西域,就是如此情深意切
"大麦啊,小麦啊,由风来分开;
远亲啊,近邻啊,由死来分开!"
西域,就是这般直入人心

2021 年 11 月 19 日于浙传图书馆

江南

她不是直入人心的,而是
委婉、含蓄、充满耐心地抵达你
自然、山水、逝者、器物……
都包含了曲径通幽的深意
鸡肋也曲折,所以庄绰说:
"西北多土,故其人重厚鲁。
荆扬多水,其人亦明慧文巧,
而患在轻浅。"①

2021 年 11 月 19 日于浙传图书馆

---

① 引文出自庄绰《鸡肋编》。

技艺

命运的牛头马面
在一颗美善之心劝慰下
再一次隐藏狰狞的容颜
——时光流转
瞬息又是十年

2022 年 1 月 11 日于湖州庄家村

譬喻

胡杨:生而不到一千年
倒而不死一千年
死而不朽一千年
这个譬喻中,有漫长的
死亡,和全部的真相

2022 年 1 月 27 日于杭州钱塘

写作

有时,我感到我身上
有许多个人在写作
是众我与我众在书写
仿佛诗,兼有了
小说、散文、戏剧、
童话、寓言、音乐、舞蹈、
影像、巫术、非虚构……
再兼一个无中生有的批评家
是敌我、此彼、雌雄、阴阳、
墟中人失却的水与沙,在书写……

2022年1月27日于杭州钱塘

树

"天空掉下一棵树,
一棵连同白云的树……"
这是吊车、建筑工人和园丁
对一棵树的共同理解
当我靠近去看,是一棵
儿时记忆中的桂花树

2022 年 2 月 2 日于杭州钱塘

具体

思辨必须像一道闪电
而我,每天空有七万个闪念
如今我不再像闪电般奔跑
在行走中反复练习后撤
倾心于视阈里迷人的具体而微
有时蹲下身,看蚂蚁们搬家
有时看屎壳郎推动它庞然的粪球……

2022 年 2 月 10 日于杭州钱塘

海

大海的潮汐:浪与力
向着天空永不停息的日课
大海的盐:寓言的晶体
蔚蓝,只是一个比喻
有时注入太多言辞的浮沫
亚特兰蒂斯:脑海里的
神话,缓缓沉没了

2022 年 2 月 18 日于杭州钱塘

痴与静

在富春江边一块石头上默坐
沉溺于山水寂然的广大物象
忽想到:痴与静如何结合?
醉与罚是怎样消失的?
如何给黄公望和塔尔科夫斯基
安排一场波光中的会面?
在富春江边,行行且行行
我给幽谷里一棵五百岁的苦槠
取了个名字——"大痴塔氏"

2022 年 2 月 20 日于浙江富春山馆

风景诗

风景诗如有足够耐心
将从物象变成册页
汲取山水的寂然
拯救蝴蝶和花卉的短暂
光与影趋于音乐的抽象性
静止、移动或逃逸的主体
在风景话语中忽明忽暗

2022年2月22日于杭州钱塘

跋

沈 苇

  《论诗》的写作已持续一年多，从 2020 年 12 月到 2022 年 2 月。实际数量更多些，诗集选出 150 首，每首 4 至 10 行，长短不等。它们大多写于杭州下沙大学城和湖州庄家村，有的写于外出旅途，甚或航班、会议间隙和疾驰的列车、汽车上。写作过程是愉快的，诗句常常突如其来，好像在主动寻访一位写作者、召唤者，但我不能简单地将它们看作"灵感"的眷顾与莅临。

  "以文论诗"，在中国传统中历史悠久，刘勰的《文心雕龙》、钟嵘的《诗品》是开创之作、经典之作，当然，《文心雕龙》是兼论诗文的。而"以诗论诗"这个新体制，则为杜甫首创，这里指的是他的《戏为六绝句》，还有《解闷十二首》也属此例。"不薄今人爱古人，清词丽句必为邻""别裁伪体亲风雅，转益多师是汝师"……这是杜甫的高度自觉，"转益多师"，兼采众长，成就了一位风格多样化的集大成者。唐末司空图的《二十四诗品》是比较系统化的"以诗论诗"，但今天我们主要将它归于古典文学理论。宋苏轼、陆游、杨万里，金元王若虚、元好问，明方孝孺、王士祯，清袁枚、洪亮吉、龚自珍等,都写过论诗绝句。其中元好问的《论诗三十首》,体量最大,质量最高。元好问主张"天然""真淳",反对"雕琢""柔靡",尤为重视诗歌的独创精神,旨在恢复建安以来的优良诗歌传统。"一语天然万古新,豪华落尽见真淳""纵横诗笔见高情,何物能浇块垒平"……志深笔长,梗慨多气,其高情之绝思,能够影响和警策今人。

杜甫和元好问,无疑是"以诗论诗"的高手、高峰。

在西方,英国浪漫主义诗歌有一个"以诗论诗"的显著现象,布莱克、华兹华斯、柯尔律治等,都写过这方面的作品;现代主义之后,从波德莱尔、瓦雷里、里尔克到奥登、博尔赫斯、希尼、斯奈德等,都有过这方面的代表性作品。波德莱尔的十四行诗《通感》直接"以诗论诗",认为诗人是自然与人类之间的中介(惠特曼说是"和事佬"),各种感觉在宇宙中交融、统一,"香味、颜色和声音在交相呼应",从而可以汲取"普遍的一致的迷醉"。希尼的《个人的诗泉》写儿时乡村记忆中的水井——观井即凝视、窥幽,他将地方性的日常经验和瞬间感知转化为诗学意义上的"使黑暗发出回声"。

遗憾的是,白话文运动之后,我们古典的"以诗论诗"传统没有很好地承继下来并加以光大。现代文学中，出现过零星一些篇什。到了当代，也未见有关此类的专著。前些年袁行霈先生写过《论诗绝句一百首》，评述历代诗歌和诗人，仍采用七绝形式，主要以今天视角向古典传统致敬。"以诗论诗"，可以涉及诗歌写作和诗学问题的许多方面，也关乎诗人的身世、境遇、性情等，在今天，可视为一种"元诗歌"。作为一种"元诗"，令人欣慰的是，许多当代优秀诗人、诗评家或多或少写过"以诗论诗"，如陈先发的两卷本《黑池坝笔记》，主要是断片式的随笔体，但也有不少诗歌体。这一现象的再度复苏、出现，代表了诗歌自觉精神的回归，以及新诗百年之际中国诗人正在日益走向内省、稳健、成熟。

诗歌从来不是分行的论文和论述，这是我在写作《论诗》时的一个自我提醒。论文都可以写在大地上，"以诗论诗"更不能变成象牙塔里的沉思默想。即便以诗歌样式去论诗，除了思想性，还要有必要的可读性。与此同时，情感、张力、感性、具象、细节、语感、口吻等，都是一首诗（哪怕只有短短几行）不可或缺的要素。雅与俗也是相对的，就像诗与词、曲的多棱镜，折射出的乃是"世界无限多"。我的"以诗论诗"，更接近"诗之思"与"思之诗"的混合体，一种瞬息凝固下来的个人"正念"，也契合我在1990年代提出的"混血写作""综合抒情"的诗学理念。

将诗学内置于我们的诗歌，类似于布鲁诺·拉图尔所说的"文学内置生态学"。理论与原创，是可以并驾齐驱、并行不悖的。这本诗集算不上填补什么"空白"，但至少可视为漫漫求索路上一位"知天命"诗人自我鞭策的"尝试集"。

书中穿插 20 幅黑白照片，是我个人的摄影作品，作为文本的补充和延展。

感谢长江诗歌出版中心的倾力支持。

感谢诗评家敬文东的精湛之序。

是为跋。

2022 年 3 月 27 日于杭州钱塘